Primera edición: octubre 1999
Tercera edición: mayo 2001

Dirección editorial: María Jesús Gil Iglesias
Colección dirigida por Marinella Terzi

© Del texto: Isabel Córdova, 1999
© De las ilustraciones: Avi, 1999
© Ediciones SM, 1999
   Joaquín Turina, 39 - 28044 Madrid

Comercializa: CESMA, SA - Aguacate, 43 - 28044 Madrid

ISBN: 84-348-6418-5
Depósito legal: M-16313-2001
Preimpresión: Grafilia, SL
Impreso en España / *Printed in Spain*
Orymu, SA - Ruiz de Alda, 1 - Pinto (Madrid)

Pirulí en el zoo

Isabel Córdova Rosas

Ilustraciones de Avi

ediciones SM   Joaquín Turina, 39 28044 Madrid

Con cariño
para José Alfredo Pérez Alencar

Roberta y Pirulí paseaban
por la gran ciudad.
Pirulí miraba encandilado
las fuentes y los parques,
el estanque y las flores,
las calles arboladas
y las tiendas multicolores,
y de pronto
se detuvieron en una heladería.

   —Dos helados de vainilla y chocolate
—pidió Roberta.
   Mientras la madre pagaba,
Pirulí salió a la puerta
y se quedó deslumbrado.
Enfrente había un escaparate
lleno de juguetes.
Cruzó la acera
y se metió en la tienda,
despacio,
como si fuera un lugar especial,
mágico y maravilloso.

El dependiente,
experto en ofrecer su mercancía,
era un loro de plumaje verde oliva
y amarillo limón.

—¡Pasen, señores! ¡Pasen!
¡Vean estos hermosos juguetes,
únicos en su género,
traídos expresamente
de todas las partes del mundo!

Acudieron dos elegantes cisnes
seguidos de sus pequeños,
una dálmata muy fina,
varias zorritas
y una tortuga
que entorpecía la entrada.
    Pirulí, maravillado por todo
cuanto había a su alrededor,
se aproximó a una mesa
donde había un tren de madera.

Cogió el mando,
pulsó un botón
y el tren echó a andar.
No se lo podía creer.
   —¡Ahí va! —se maravilló.

El loro, sin perder un segundo,
se acercó a una de las zorritas.

—No se lo pierda, señora
—le dijo—.
A su hijo le ha gustado.

—Este pequeño no es mi hijo
—dijo la zorrita algo enfadada.

—Perdone —se excusó el loro,
y se le fueron los colores—,
no quería ofenderla.

Luego, se volvió hacia Pirulí
y le preguntó:

—¿Con quién has venido, pequeño?
¿Dónde está tu madre?

—Mi mamá está en la heladería
de enfrente.

—Pero si hace más de una hora
que estás aquí
haciendo el tonto...

—¿Una hora?
—se asombró el pequeño.

Salió corriendo de la tienda,
cruzó la acera
y entró en la heladería.

Miró por todas partes
y no encontró a su madre.
Volvió a la calle
y dio un grito,
que retumbó por los alrededores:
—¡MAMÁAAAAAA!
Pirulí echó a correr
hasta la parada del autobús
y se montó en uno,
detrás de una zorrita.
—Qué bien,
ya ha encontrado a su madre
—exclamó un mirlo blanco
que pasaba por allí.
Pirulí, con el corazón muy agitado,
se sentó junto a aquella señora.
Pero cuando levantó la mirada,
se quedó paralizado.

Aquella zorrita no era su madre.
Sintió mucho miedo y mucho frío,
tanto que casi no podía hablar.

Por fin pensó:

«Cuando se detenga el autobús,
me bajo,
busco un policía
y le digo que me he perdido».

Pero el autobús no se paraba.
Estaba repleto de pasajeros
y llevaba delante un letrero
que indicaba su destino:

ZOO

Después de un largo recorrido,
el autobús se detuvo
frente a un inmenso bosque.

El pequeño miraba alucinado
todo cuanto lo rodeaba.

Siguió caminando a su aire
y de pronto se encontró sin nadie.
Se apoyó en una valla,
y estaba a punto de sollozar
cuando oyó una voz:

—Niño, ¿estás solo?

Era un gracioso oso panda
de gafas negras y panza blanca.

—No —le respondió Pirulí a secas.

—¿Cómo que no?
Entonces, dime,
¿dónde están tus padres?

¿Sabes que un niño
jamás debe andar solo por ahí?

Los dientes de Pirulí
comenzaron a castañetear
y un viento frío
invadió todo su cuerpo.
Salió disparado del lugar
en busca de su madre.

De repente, dos gatos marrulleros
con trajes de rayas,
recién fugados de la cárcel,
se detuvieron a su lado.

   —¿A quién buscas, chaval?
¿Te has perdido?
—le dijo uno de ellos,
con voz burlona.

   —No te preocupes si estás solo,
nosotros te haremos compañía
—añadió el más grandullón.

Estaba por echar a correr
y alejarse de esos malos elementos,
cuando oyó una voz potente
que venía de lo alto:

—El niño está conmigo.
¿Qué queréis vosotros?
Era una enorme jirafa
que también visitaba el zoo.

—Sólo queríamos jugar con él
—le respondió el gato mayor.

—¿Jugar?
¿No sois lo bastante grandecitos
para jugar con un pequeño
a quien ni siquiera conocéis?
—reprochó la dama del cuello largo.

Los desconocidos se miraron,
corrieron hasta el bosque
y desaparecieron entre los árboles.

—Y tú, pequeño,
¿cómo te llamas?
¿Y dónde están tus padres?
—siguió ella.
    —Me llamo Pirulí y me he perdido
—contestó él entre lágrimas.
    —No te preocupes,
te ayudaré a encontrar a tu madre
—le dijo la amable señora
de las patas largas—.
Súbete a mi lomo
y así podremos verla mejor.
    —¡No la veo!
—dijo el pequeño,
hipando de nuevo.

—Yo veo muchas zorritas,
pero no sé cuál será tu madre.
Descríbeme cómo es ella
y así será más fácil
encontrarla
—le pidió la jirafa.

Un suspiro profundo hizo temblar
todo el cuerpo del pequeño.

—Mi madre es la más guapa
del mundo
—dijo Pirulí—,
su pelaje es tan rubio
que brilla como el oro.

Tiene los ojos verde esmeralda
y cuando me dice:
«¡Pirulí, cuánto te quiero,
mi adorado Pirulí!»,
de su voz sale una melodía
mucho más fina
que las canciones románticas
de las Spice Girls,
y se oye en cien kilómetros
a la redonda.

—¿Los ojos de tu madre son
de color verde esmeralda?
—le preguntó incrédula la jirafa.
—Sí —afirmó Pirulí.

—Dime, ¿usa lentillas?
—¡No! —dijo Pirulí, indignado.
—¡Se tiñe el pelo?
—¡Que no!
—le objetó Pirulí
frunciendo el entrecejo.
—Entonces, amigo,
tu madre es una diosa
—afirmó la jirafa.
—Más que eso
—le dijo Pirulí—.
¡Es mi madre!

Pirulí aguzó la mirada y,
alzando la voz,
le pidió a la jirafa:
   —¡Bájeme, por favor!
¡Creo haberla visto!
   La jirafa reposó su gran cuerpo
sobre sus patas en cuclillas,
y Pirulí resbaló hasta el suelo
como si bajara por un tobogán.
   —Ten cuidado, pequeño.

En el zoo,
para un chico solo,
hay muchos peligros
—le aconsejó la jirafa.

Pirulí se fue deprisa.
El corazón le brincaba
casi desbocado en el pecho.
Por fin,
fue a detenerse junto a una zorrita
que estaba con sus pequeños,
detrás de una valla,
contemplando
los imponentes leones y leopardos
que entraban y salían de sus cuevas.
Los animales rugían
como si quisieran devorar
a todos los que los observaban.
No, aquélla tampoco era su madre.

Sintió curiosidad por los leones
y como no los podía ver,
trepó a un palo de la valla,
con tan mala suerte
que éste se rompió
y Pirulí cayó al mismísimo foso.
   El zorrito, al verse perdido,
sin esperar un solo segundo,
se subió al único árbol
que había en el centro del foso.
   —¡Qué buen bocado ha caído del cielo!
—comentó uno de los leones.
   —Con el hambre que tengo...
—respondió una joven leona.
   Desde la copa,
Pirulí veía aterrorizado
los dientes puntiagudos
de los hambrientos felinos.

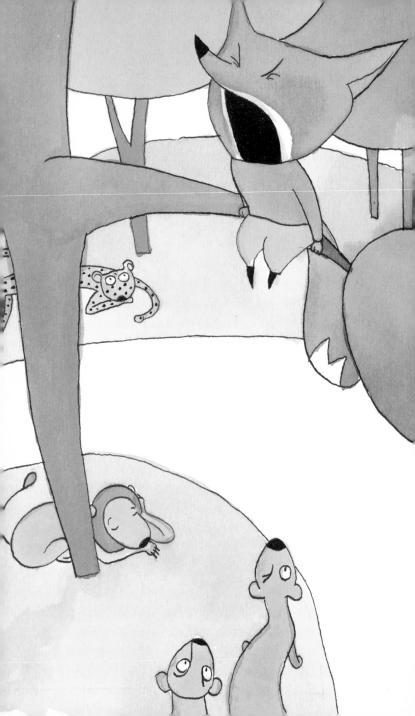

—A éste no hay quien lo baje
—comentó un león de mediana edad.
    —No te preocupes,
la paciencia es la mejor arma
—le respondió el más veterano,
y tragó saliva ruidosamente—.
El pequeño se quedará dormido
y caerá entre mis dientes.
    Al oír este comentario,
Pirulí pensó:
«Ahora, ¿quién me salvará?».
    En un último intento
respiró profundamente
y, con todas las fuerzas
que le salían de la garganta,
gritó:
    —¡Auxilio! ¡Socorro!
¡Estoy aquí!

Dos guardias tucanes
oyeron los gritos de Pirulí.
Se asomaron por la alambrada
y se quedaron atónitos.
—¡Pobre pequeño!
Si no nos damos prisa,
se convertirá en un bocadillo
para estos felinos
—y fueron a buscar una cuerda.

Uno de los leones dio un salto
y llegó a una rama del árbol,
y cuando le iba a dar un zarpazo
para arrojarlo al suelo,
Pirulí arrancó una rama pequeña
y la lanzó.

El león creyó
que se había tirado el zorrito,
se abalanzó
y cayó de bruces al suelo.
    Esto enfureció más a las fieras,
que rodearon el árbol
y todos a una
empujaron con fuerza.

Pirulí,
abrazado fuertemente a la rama,
se tambaleaba de un lado a otro.

—No podré soportar más tiempo
—dijo temblando de miedo.

En ese momento llegaron los tucanes.

Pirulí pensó que debía ayudarlos.
Se quitó la camiseta,
la envolvió en una rama
y la tiró con todas sus fuerzas
hasta una de las cuevas.
Los leones corrieron
creyendo que era su presa,
y en ese preciso momento
los tucanes tiraron la cuerda
y el zorrito se sujetó a ella.

En su prisa por salvar a Pirulí,
la tiraron con tanta fuerza
que el pequeño se bamboleó
y fue a caer al foso continuo.

—¡COCODRILOS! —gritó Pirulí,
y se quedó paralizado
en una esquina del inmenso foso.

Un cocodrilo, que tomaba su baño,
le comentó a su amigo:

—¡Qué buena presa nos han tirado!

—Y eso que no es hora de cenar
—le respondió el otro.

—Será porque hoy es domingo
—dijo un tercero que salía del agua.

Lentamente, los saurios hambrientos
fueron acercándose.
Pirulí no podía retroceder
porque la muralla se lo impedía,
ni trepar,
porque las paredes eran lisas.
    Un cocodrilo abrió su bocaza,
el zorrito cerró los ojos
y, cuando se tapó la cara
con las patas delanteras,
se topó con una cuerda.
Fue cuestión de segundos.
    —¡Agárrate bien y no la sueltes!
—gritó uno de los tucanes.

Cuando Pirulí abrió los ojos,
ya se encontraba a salvo.

Los tucanes le dieron agua,
y uno de ellos le preguntó:

—¿Con quién has venido?

—Estoy buscando a mi mamá
—respondió él entre sollozos.

—No te preocupes,
la encontraremos
—le animó uno de los guardias—,
pero nos tienes que decir
cómo es.

Pirulí se secó las lágrimas
con la mota blanca de su cola
y sus ojos le brillaban
como dos estrellas navideñas.

Echando un profundo suspiro, dijo:
   —Mi madre es como el sol,
y con la luz de su pelaje
ilumina toda mi casa,
y si me toma entre sus brazos,
es tan suave
que me siento arropado
por todas las nubes del cielo.
   Los tucanes,
al escuchar tanta maravilla,
estaban como hipnotizados,
con sus picos abiertos.
Al volver en sí,
el más joven comentó:
   —Con la luz que desprende
el pelaje de su madre,
la encontraremos en un abrir
y cerrar de ojos.

—Es verdad
—corroboró su amigo.
—Pequeño, encontrar a tu madre
será pan comido
—concluyó el más joven,
lo cogió de la mano
y emprendieron la búsqueda.
A medida que pasaban las horas,
la noche,
como la negra boca de un lobo,
se tragó los colores del día.
—No veo ninguna gran luz
que alumbre la oscuridad
—comentó un tucán.

—Es que mi madre no está aquí
—le respondió Pirulí.
—¿Dónde crees que está, entonces?
—le preguntó el más joven.
—Posiblemente en la ciudad,
en un parque más pequeño que éste,
cerca de una heladería.
Allí he tomado el autobús
para venir aquí.
—¿Por qué no te has bajado
cerca de ese parque?
—le recriminó el mayor.
—Porque el autobús no se ha parado
—dijo Pirulí,
y de nuevo se puso a llorar.

De pronto,
Pirulí descubrió el autobús
que le había traído,
caminó hacia él y se subió
sin tener tiempo para despedirse.
   Después de un buen rato,
el zorrito vio, con emoción,
la estatua de un delfín
en el centro de una fuente.

Bajó del autobús
y corrió hacia el parque.
  Desde la copa de un árbol añejo,
un búho sabio, de grandes gafas,
abrió sus alas
y bajó hasta la fuente.
Al ver a Pirulí, le dijo:
  —¿Qué hace un zorrito aquí,
a estas horas de la noche?

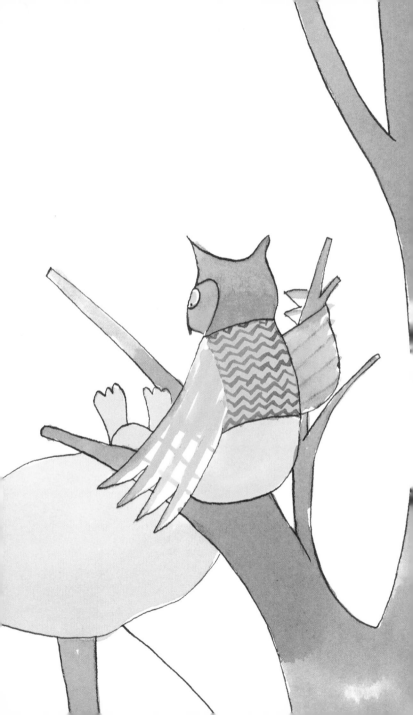

—Estoy buscando a mi madre
—respondió Pirulí muy abatido.

—He visto pasar muchos animales.
¿Puedes describirme a tu madre?

Pirulí se secó las lágrimas
y dijo:

—¡Mi madre! ¡Es preciosa!
Es alta y garbosa.
Tiene un pelaje dorado y brillante
y, cuando camina,
es como si dos palomas blancas
volaran debajo de sus tacones.

El búho, de tanta maravilla,
cayó desvanecido al suelo.

Cuando despertó, pensó:
«Hace un buen rato
ha preguntado por su hijo
una zorrita bajita,
de pelaje castaño oscuro,
de ojos marrones y pequeños,
hinchados de tanto llorar,
y con unas ojeras hasta sus orejas.
¡Qué va, no puede ser la madre
de este zorrito!
No, mejor no le digo nada».

Pirulí atravesó el parque llorando:
—¡Mi mamá! ¡Mi mamá!
¡Quiero a mi mamá!
De pronto se cruzó con una tortuga,
pero no se atrevió a preguntarle.
Llegó a una esquina del parque.
Sintió mucho miedo,
se apoyó en la pared
y lloró desconsoladamente.
Entonces sintió unos brazos
inconfundibles, únicos, maravillosos,
y una voz dulce:
—¡Mi Pirulí, mi hermoso Pirulí,
te creía perdido para siempre!

¡Nunca te alejes de tu madre
porque te puede pasar algo!
   Pirulí miró a su madre
como si viera el cielo
y los rayos del sol.
Y le respondió
abrazándola con todas sus fuerzas:
   —Sí, mamá.

Roberta abrazó
y besó muchas veces a su hijo,
y, cogidos de la mano,
regresaron a casa.
Su padre, alarmado por la tardanza,
los aguardaba en la puerta.